AF452122

OBSERVATIONS

SUR

LES POËTES ITALIENS.

OBSERVATIONS

SUR

LES POËTES ITALIENS,

Par M. BASSI,

OU

Réponse aux Remarques sur les mêmes Poëtes du Voyageur Anglois

M. SHERLOCK.

— Poetarum veniat manus, auxilio quæ
Sit mihi. Horat.

A LONDRES;

Et se trouve A PARIS

Chez { la Veuve DUCHESNE, rue S. Jacques.
{ ESPRIT, Libraire, au Palais Royal,

M. DCC. LXXX.

A MONSIEUR

GRADENIGO,

Secrétaire d'Ambaſſade de la République de Veniſe.

Vous aimez, Monſieur, *les Poëtes de votre Nation, vous les aimez en connoiſſeur, agréez donc que je vous préſente ces Obſervations. Perſonne, mieux que vous, ne pourra juger ſi j'ai tracé avec goût les différentes nuances qui relèvent les beautés de la Poéſie Italienne. Parmi les occupations attachées à votre place, vous trouvez aſſez de temps pour cultiver les Muſes. La Science Diplomatique n'eſt pas la ſeule ſcience que vous étudiez. A la fois Politique & Littérateur, vous ſervez la Patrie dans les affaires les plus difficiles, & vous donnez un eſſor à vos talens dans* les méditations les plus utiles & les plus agréables. Dévoué par état au service de votre Prince, vous êtes asservi par inclination à l'amour de la Philosophie & des Lettres. Issu d'une illustre famille, employé toujours dans les Magistratures les plus honorables, vous ne voulez vous distinguer que par les qualités de votre ame, & par celles de votre génie. La douceur de votre caractère vous rend aimable ; vos lumières vous font estimer. Quel plus bel éloge pourrois-je faire de vous, sans blesser votre modestie ! L'hommage public que je vous rends est adressé à l'Homme de Lettres & à l'ami de la vérité.

J'ai l'honneur d'être, &c.

AVANT-PROPOS.

Qu'on ne s'attende pas à un Ouvrage amusant. L'apologie d'une branche de la Littérature d'une Nation, n'est pas un sujet susceptible de graces piquantes. Les Amateurs de la Poésie Italienne trouveront des observations utiles dans cette Brochure ; c'est pour eux que j'écris. J'emprunte une langue qui m'est étrangère, espérant que la politesse de mon Lecteur bornera la justice de ses critiques à relever seulement mes raisons, sans examiner mon style. C'est ma patrie que je défends, & je la défends de mon mieux ; cela me donne un droit à la bienveillance d'un Public éclairé. Que M. Sherlock respire en paix l'encens qu'on lui brûle, mais qu'il me soit permis de démontrer que M. S. ne connoît pas les Poëtes Italiens.

OBSERVATIONS

SUR LES POËTES ITALIENS

(Par M. B A S S I ;)

POUR répondre aux Remarques sur les mêmes Poëtes du Voyageur Anglois

(M. S H E R L O C K).

« LA GLOIRE de nos Lettres injuriée, dit
» M. Sherlock, exige que je tire l'épée. » Il
la tire, il fond sur Voltaire, dont la
réputation ne peut lui en impofer ; fur
M. de la Harpe, dont il brave la *févérité*.
La gloire de la Poëfie Italienne, dis-je
auffi à mon tour, attaquée par M. S.,
ordonne que je défende ma Patrie ; je vais

A

le faire avec zèle & modération, fans craindre un adverfaire (1) comblé d'éloges,

---

(1) Heureux le jeune Auteur qui, pris *fama venientis amore*, peut travailler fur des fujets fufceptibles de modifications agréables, peut égayer fon Lecteur avec de jolis termes, & l'épigramme brillante ; peut donner un titre intéreffant à un recueil de penfées découfues, préfenter tout d'un coup l'*excerpta per prata*, *per faltus* de plufieurs années, & peut s'annoncer à-la-fois génie, connoiffeur, homme de goût, bel-efprit ! Plus heureux s'il parvient à s'établir une réputation littéraire en s'appropriant avec adreffe d'anciennes remarques, en brûlant de l'encens bien à propos à des idoles puiffantes, en affectant une efferveſcence dans les idées qui annonce le génie, une artificieufe nonchalance dans l'ordre qui manifefte l'homme à imagination, une fouple hardieffe dans les jugemens qui caractérife le connoiffeur ! Mais très-heureux ce jeune Auteur, ce nouvel Écrivain, fi par fa légèreté enchantereffe dans la manière d'effleurer les matières que le lourd Philofophe aime à approfondir, par fes faillies qu'on trouve charmantes, par fon farcafme qu'on appelle fpirituel, par fon art d'entremêler les critiques avec les

(3)

fans redouter le Tribunal étranger devant
lequel je plaide ma caufe. M. S. a écrit
pour plaire, je dois écrire pour convaincre:
il a avancé beaucoup fans rien prouver;
je démontrerai tout ce que j'avancerai;
c'eft au Public impartial à juger.

Il m'importe que les faux principes de
notre Voyageur à l'égard (2) des Poëtes

louanges, par fa rage de parler de tout, de briller
fur tout, on lui trouve de l'originalité dans la façon
de fentir, de voir, de raifonner !

(2) Ce n'eft pas tout, me dit à l'oreille un Lecteur
Italien, M. S. a tâché de donner un ridicule à notre
Nation; il a adapté aux Italiens des vices qui font
à tous les hommes; il a produit avec emphafe un
paffage de Salufte, qui eft une fatyre contre les
anciens Romains, en l'appliquant aux Romains
modernes, & s'eft tû avec malice fur plufieurs paffages de Suétone, Plutarque, Tite-Live, Florus, &c.
qui font des panégyriques des anciens, & qui peuvent auffi s'appliquer aux modernes. M. S. a ignoré
le principe de J. J. Rouffeau, qui dit : où les hommes
ont les mêmes rapports, les mêmes néceffités, le
même contrat focial, ils doivent développer les

Italiens, ne confirment pas de vieux préjugés qui, toujours combattus & toujours renaiſſans, ne ſont encore que
trop adoptés en France, où l'hiſtoire de la
Littérature moderne Italienne n'eſt pas
aſſez connue, où les meilleurs Livres Italiens ſont ſouvent ignorés, & où le peu de
gens éclairés de mon pays qui viennent de
temps à autre s'y établir, n'oſent ſe mon-

---

caractères du cœur à peu-près de la même manière,
& que ce n'eſt ni à Paris, ni à Londres, ni à Rome,
où l'eſprit d'imitation domine, où on copie dans
tous les états des principes généralement adoptés,
que l'on connoît le véritable François, l'Anglois,
l'Italien. Les groſſièretés de M. S. méritent un
juſte reſſentiment, & il faut... — Il faut, M. l'Italien, vous taire. — On ne répond ordinairement
aux groſſièretés que par des groſſièretés, & c'eſt
un langage que je ne connois pas. Je ſuis
homme de Lettres, je défends la Littérature de
ma Patrie. Si cependant *il faut* une autre réponſe
à M. S., il la trouvera dans les Lettres de Marti-
nelli & de Baretti, écrites à l'extravagant Smollett,
au bavard Sharp, concitoyens de M. S.

(5)

trer que dans la Préface de quelque Gra m-
maire, ou fur le Frontifpice de quelque
nouvelle édition du *Taffe*, de l'*Ariofte*,
de *Métaftafe*. (3)

« Il eft incroyable, dit M. S., de
» voir comme les Italiens font en arrière
» des autres Nations dans les lumières
» poétiques. »

Oui, cela eft d'autant plus incroyable,
qu'on ne pourroit jamais le perfuader
qu'en le démontrant.

Une Nation qui a toujours eu une
Littérature, qui a été la première à cultiver
les Lettres, qui a éclairé fes voifins, qui
a toujours lutté contre eux avec fuccès, qui
« a une langue divine, où l'imagination
» fe fent une vivacité & une vigueur qu'elle
» n'éprouve point dans les autres pays; où
» la nature déploie toutes fes beautés, fes

---

(3) Les Éditions de ces Poëtes faites d'après les
foins de l'Abbé Pezzana, méritent le fuccès dont
le Public les a honorées. Elles annoncent un Éditeur
intelligent & rempli de lumières.

» richéffes, d'une manière fi variée & fi
» frappante ; une Nation dont les indivi-
» dus font remplis de talens naturels, &
» en ont infiniment plus que les autres. »
Pourquoi une telle Nation n'aura-t-elle pas
de bons Poëtes, & pourquoi fera-t-elle « en
» arrière des autres Nations dans les lu-
» mières poétiques ? »

« Les petits Gouvernemens peut-être,
» dit M. S., qui partagent l'Italie, contri-
» buent... » — Qu'il s'arrête. Les Gouvernemens de l'Italie en général font doux ; ils
offrent une protection sûre à l'honnêteté :
cela fuffit au Poëte, qui, rempli de fon
génie, content de fes idées, occupé de fes
travaux, ne pouffe pas plus loin fes recher-
ches. L'influence du Gouvernement ne fe
fait fentir que difficilement dans la paifible
retraite du Poëte philofophe. Son imagination ne s'ouvre qu'aux objets qui l'inté-
reffent le plus. Plongé dans fes méditations, ravi, enthoufiafmé par les charmes
de fon art divin, il ne connoît ni l'ambi-
tion des grands, ni la rage des tyrans.

Théocrite chantoit fur fon chalumeau la tendre Idylle, lorfque Denys bouleverfoit Syracufe.

« La pauvreté. » — M. S. fuppofe-t-il que les Italiens manquent en général de ce qui eft de première néceffité ? — Non. — Pourvu donc qu'un Poëte ait de quoi vivre, il ne fe fouciera pas d'avoir davantage.

—— Paupertas impulit audax
Ut verfus facerem.

Eft-ce dans l'opulence qu'Homère, Virgile, le Taffe, le Camoens, Milton, ont compofé leurs chef-d'œuvres ? Une chaumière n'eft-elle pas auffi indifférente qu'un palais, pour celui qui planant dans les airs, eft au-deffus de tout ce qui l'environne ?

« Le peu d'encouragement, le manque » de Mécènes. » — Raifon frivole qui ne fort que de la bouche du pareffeux, ou de certains êtres à prétentions, qui, végétant dans l'obfcurité, murmurent contre le protecteur du génie, parce qu'il

A iv

dédaigne de jeter un regard fur eux. Virgile , Horace , Catulle , étoient de grands Poëtes avant que d'avoir des protecteurs. Leur célébrité les avoit précédés. L'égoïfte Mécène , le courtifan Tuccas, le riche Pifon , l'hypocrite Augufte, commencèrent à les protéger quand le peuple chantoit déjà leurs vers, & qu'on leur décernoit des honneurs publics. Il n'y a que des protégés bas qui chantent à prix d'argent , & il n'y a que des protecteurs bêtes qui payent pour être chantés. Que le jeune Poëte Italien travaille à fe rendre célèbre, qu'il fe diftingue de la foule glacée des faifeurs de vers, qu'il s'annonce avec le caractère du génie, il ne manquera pas de protecteurs qui l'honoreront, & qui le mettront à l'abri des injuftices du fort. Mais s'il ne perce pas l'épaiffe atmofphère qui l'environne, s'il ne donne qu'une lueur foible & mourante, ou s'il ne peut pas foutenir la lumière brillante du jour, de quoi cette chauve-fouris fe plaint-elle, fi elle a les ténèbres

(9)

en partage ? *Pétrarque*, le *Tasse*, l'*Ariofte*,
Filicaja, *Chiabrera* & tant d'autres, ont été
honorés & chéris par les Souverains, par
les Papes. *Métaftafe* a trouvé un ami
dans Gravina, un prôneur dans Zeno,
un protecteur dans le Cardinal de Polignac (4), un appui glorieux dans trois
Empereurs. Que M. S. life l'hiftoire litté-

____

(4) On débite que Métaftafe a fait fa célèbre
Canzonetta = *Grazie agl' inganni tuoi*, &c. pour fe
venger de la Cour de Rome, qu'il défignoit fous
l'allégorie de *Nice*. Peut-être que Métaftafe, jufqu'à
l'âge de 21 ans, temps auquel il n'étoit point connu,
ou ne l'étoit que par fa mauvaife Tragédie de
Giuftino, qu'il fit à 14 ans, n'avoit pas alors lieu
d'être content de fon fort. Il eft certain cependant
qu'à cette époque il fut reçu dans la maifon de
l'Abbé Gravina, qui le préfenta au Cardinal de
Polignac, pour lors Ambaffadeur à Rome. Il fut
chargé de compofer *una Cantata* pour célébrer
la naiffance du Dauphin ; le Cardinal de Polignac
le recommanda enfuite à Zeno, Poëte & Bibliothé-
caire de l'Empereur, & Zeno le préfenta lui-
même à la Cour Impériale, comme le premier
Poëte de fa Nation.

raire de ma Nation, il verra comme les Médicis, les d'Eſt, les Scaligeri, les Farneſe, les Gonzaga, les Bentivoglio, les Carrara, les Colonna, les Malateſta, la République de Veniſe, les Papes, ont honoré en tout temps les Lettres, protégé ceux qui les cultivent, & ſe ſont empreſſés d'encourager la fervente jeuneſſe Italienne. L'amour de la gloire, de l'eſtime publique, de la célébrité, a toujours été le premier motif qui a excité l'amour de la Poéſie. Nulle part il n'y a eu tant d'Académies, nulle part tant d'Aſſemblées littéraires, ſi on excepte la France.

Mais ſi ce n'eſt qu'à des raiſons phyſiques, & qui ont rapport à la conſtitution nationale, qu'il faut attribuer cette prétendue diſette de bons Poëtes en Italie, quelle ſera donc la cauſe de cet événement?

« C'eſt, dit M. S., que les jeunes Poëtes » Italiens ſe forment ſur de mauvais mo» dèles, pour leſquels la Nation a un aveu» glement obſtiné. »

Pour le prouver, il auroit fallu que

M. S. eût démontré , 1°. que ces Poëtes qu'il appelle mauvais , font véritablement mauvais , & que la Nation les adore fans goût, fans choix. 2°. Qu'ils font les feuls modèles fur lefquels fe font formés les autres Poëtes Italiens.

Loca jam recitata revolvimus.

Le *Dante*, le *Taffe*, l'*Ariofte*, font les Poëtes que M. S. appelle modèles, & en général mauvais. Il juge de leur caractère poétique , de leur manière, de leur ftyle, d'après des principes généraux , des préjugés qui ne tiennent à aucun principe, & avec une légèreté qui n'annonce sûrement pas le tact sûr du critique éclairé & judicieux.

M. S. commence par attaquer le *Dante*, qu'il appelle *barbare monftrueux* , & il ne fe fouvient pas de ce qu'il a dit à Voltaire, (qui appelle *Shakefpear, finge, faltimbanque, fauvage*) « que toutes ces épithètes ne » portent conviction que dans une claffe » de Lecteurs qui ne méritent pas la peine » qu'on y faffe attention.

Paſſons ſur ces mots, & conſidérons le *Dante* ſous le point-de-vue d'où doit l'enviſager l'homme de goût & le Poëte.

Le *Dante* eſt original comme Homère. Il connoiſſoit celui-ci, il l'appeloit

« *Signor dell' altiſſimo canto.* »

Mais pas une phraſe, pas une idée d'Homère imitée dans ſon Poëme. Il eſtimoit Virgile, il ſavoit par cœur ſon Énéïde; il dit de lui :

« *Vagliami il lungo ſtudio, e il grande amore,*
» *Che m'ha fatto cercar lo tuo volume.* »

Il s'en eſt fait un conducteur, un maître, mais c'eſt un maître auquel il n'a non plus rien voulu devoir. Parmi ſes contemporains, il avoit pour tout modèle les Chantarelles & les Martingalles des Troubadours, & Brunetto Latini qui étoit un plagiaire de Pierre de Corbi, ſeulement connu dans la Romance Provençale. Génie dans toute la force du mot, il a créé un Poëme national en préſentant à ſes compatriotes,

de la manière la plus hardie, des événemens récens, & des queſtions qui agi-
toient le plus les eſprits de ſon temps.
Avec une imagination toujours vive,
toujours forte, toujours créatrice, il
trouvoit des couleurs convenables à ſes
deſſins, un ſtyle proportionné à ſes bruſqueries, & ſes bruſqueries étoient analo-
gues aux mouvemens impétueux de ſon
ame. Comme il ne refuſoit rien à ſon
imagination, qu'il vouloit dire tout ce
qu'il ſentoit, & qu'il ſentoit beaucoup,
il lui falloit des mots proportionnés à
l'énergie des impreſſions qu'il éprouvoit.
Sa langue étant au berceau, elle ne pouvoit pas lui en fournir ſuffiſamment, il les
créoit. Milton fait parler aux diables un
langage rempli d'idées qui conviennent
aux diables ; le *Dante* fait encore plus, il
trouve des mots pour ainſi dire diaboli-
ques, & la fatigue de ces mots exprime
celle des tourmens. Son coloris tantôt
ſombre, tantôt effrayant, tantôt pathétique,
annonce l'homme qui connoît tous les

caractères du cœur: les différentes ques-
tions qu'il traite donnent l'idée du Philosophe le plus instruit de son temps.
Il n'envisageoit point la postérité, il vouloit plaire à ses compatriotes, se faire
craindre par ses voisins; il vouloit satis-
faire à-la-fois son orgueil & sa vengeance.
Il plaçoit à son gré ses amis, ses ennemis,
en enfer, en purgatoire, en paradis.
Ses idées sont souvent indiquées par des
traits connus dont il nous manque la clef:
voilà la plus forte raison de son obscurité.
Il n'assujétissoit pas sa pensée aux règles
que des principes reçus chez les Grecs &
chez les Latins avoient fixées sur le goût
universel. Ses contemporains le voyant
fourmiller de connoissances en tout genre
suivant les systêmes alors connus, le voyant
faire parler une langue qui n'avoit que
bégayé, le voyant avec le fléau de la satyre
la plus acharnée, mais en même temps la
plus forte, fondre sur ses ennemis, commencèrent d'une voix unanime à l'appeler
divin. On regardoit comme extraordinaire

un homme qui parlant, pour me fervir des expreffions de Gravina, avec un ftyle modelé fur le ftyle des prophètes, ofoit peindre les violences des Papes, les cruautés des François, les horreurs des guerres civiles qui déchiroient fa patrie. Ce Poëme, dans la fuite, n'étant plus à la portée de tout le monde, & renfermant d'ailleurs ce que la Nation avoit de plus grand en fait de connoiffances, tomba entre les mains des pédans qui élevèrent un temple à cette idole; & le fanatifme de fes adorateurs vint au point d'adorer jufqu'aux ordures de ce nouveau Lama. De lourds Commentateurs, tels que *Velutello*, *Venturi*, *Bulgarini*, &c. ont fait du *Dante* ce que la baffe flatterie des courtifans fait de leurs maîtres, ou ce que l'imagination exaltée des amans fait de leurs maîtreffes : ils ont trouvé indiftinctement divin tout ce qui venoit de lui. Semblables à D. Quichotte, ils ont pris fouvent des moulins à vent pour des géans, & ces méprifes ont occafionné des guerres littéraires encore plus ridicules, telles que celles entre *Zoppio* & *Mazzoni*, *Carrero* & *Capponi*, &c. On a expliqué le *Dante*, il eſt vrai, dans des chaires publiques ; on a fait des lectures ſur ſon Poëme dans l'Académie *Florentine*, telles que les ſavantes diſſertations de *Gelli*, *Bianchini*, *Buommattei*, &c. ; mais n'étoit-il pas juſte d'expliquer un Livre dans lequel on trouve l'origine & la véritable ſignification d'une quantité de mots ? Le *Dante*, regardé comme le père de la Poéſie Italienne, comme un Auteur qui porte l'empreinte de l'antiquité la plus reculée, comme un Poëte qui réunit à une imagination intariſſable, de grands moyens, les couleurs les plus chaudes & les plus vraies, a toujours obtenu la vénération de nos Gens-de-Lettres. On lit ce Livre, on reconnoît le grand Poëte, on parle avec enthouſiaſme de ſes beautés abſolument inimitables, des ſources où il les a puiſées, qui ſont toutes dans ſon ame ; de ſon abondance, de ſa force, de ſon énergie. On reconnoît dans

ſon

ſon plan une architecture gothique, dont
la hardieſſe étonne, dont la quantité d'ornemens impoſe, & dont la confuſion n'eſt
faite pour rebuter que lorſqu'on ne ſe donne
pas la peine d'examiner l'intelligence &
l'économie du plan. Mais le *Dante* qui
n'a eu aucun modèle, n'a eu non plus
aucune copie. On rencontre dans Milton
certains traits qui reſſentent ſa manière ;
Young ſeul auroit pu l'imiter, ſi Young
n'eût été original lui-même. (5)

Les Italiens modernes font du *Dante* ce
qu'on fait d'un Livre de Loix ; ils le liſent
ſouvent, ils ne le copient jamais. Ils le liſent
après avoir approfondi leur langue, & après
avoir étudié les plus grands maîtres dans
l'art poétique. Avant de juger cet Auteur, ils tâchent de ſe défaire de tout
préjugé, de ſe tranſporter dans ſon temps,
d'examiner s'ils ſont Poëtes eux-mêmes,
s'ils ont une élévation d'ame capable de

____

(5) Il n'y a que *Terzi* qui ait réuſſi à faire
des Tercines dans le ſtyle *Danteſque.*

B

fe mettre au niveau de celle de cet Auteur, s'ils ont affez de génie, & une imagination affez vive & affez fertile pour tout faifir & ne rien laiffer échapper.

Avec du goût & du tact, ils font un abrégé de la *divina Commedia*, qui renferme beaucoup plus que les trois ou quatre morceaux indiqués par M. S., & ils abandonnent le refte de ce grand Ouvrage aux foins vigilans de quelques vieux Régens, qui le confervent comme un monument facré de notre Littérature, deftiné à embellir en grand format les rayons les plus élevés de nos Bibliothèques.

Les Italiens modernes n'ont pas la folie de prétendre que les autres Nations foient obligées d'avoir pour leur Poëte chéri la même vénération qu'ils ont. Leur enthoufiafme ne leur a jamais fait dire du *Dante* ce que M. S. dit de Shakefpéar, « qu'il » eft le Poëte dont la nature n'a jamais » formé l'égal, & de qui le feul Homère » approche, mais de bien loin. » Leur égoïfme n'a jamais été affez outré pour pré-

tendre qu'on s'en rapporte à leur jugement & au ton magiftral avec lequel ils le
prononcent. Ils conviennent que chaque
Nation a fes divinités chéries, dont les
oracles ne font pas toujours compris &
appréciés par les étrangers.

Après ce que je viens de dire, le *Dante*
mérite-t-il les épithètes de *barbare*, de
monftrueux ? « ce Poëme doit-il être re-
» gardé comme le plus mauvais qui exifte
» dans aucune langue ? » Les Italiens man-
quent-ils de goût dans l'ufage qu'ils en
font ?

Les deux autres Épiques que M. S.
examine, & qu'il appelle auffi modèles, &
en général mauvais, font le *Taffe* &
l'*Ariofte.*

Les remarques que M. S. fait fur ces
Poëtes, font tout-à-fait les mêmes que des
Critiques nationaux & étrangers ont faites
depuis plus d'un fiècle, & auxquelles depuis plus d'un fiècle on a donné des réponfes. Leur mérite eft défini, leurs beautés
font connues, les défauts qu'on leur attri-

bue sont ou avoués ou défendus ; il n'y a rien à y ajouter.

Je conviens du tort qu'ont eu les Italiens de faire des parallèles entre l'*Arioste* & le *Tasse*. Il n'y a rien de plus absurde que les guerres littéraires sûr ce sujet.

Chacun de ces Poëtes est original dans son genre. On ne peut faire aucune comparaison entre-eux dans le *tout*, & c'est une pédanterie que d'en faire dans les *détails*.

Il existe un beau universel, mais que chacun envisage de sa façon ; il est de même un goût général qui résulte de la comparaison de plusieurs goûts particuliers, auquel on parvient par des moyens différens. Nulle comparaison entre *Paul Veronese* & le *Titien* ; nulle entre le *Tasse* & l'*Arioste*. Les caractères, les coloris, les manières, les dessins, tout est différent.

De la haute poésie pleine de charmes & de graces, du majestueux dans le dessin, l'art des groupes & des contrastes déployé, l'unité, l'ordre, l'intérêt, la dignité,

conſervés dans la démarche claire, ſoutenue, attachante du Poëme, voilà la poéſie
du *Taſſe*, voilà le faire de *Paul Veroneſe*.
Ce Peintre a fait quelquefois des fautes de
coſtume ; le *Taſſe* a quelquefois négligé la
grammaire de ſa langue ; mais c'eſt la
généalogie des coſtumes qu'on doit con-
ſulter pour examiner le *jugement univerſel*
de *Paul Veroneſe* ; c'eſt le Dictionnaire
de la *Cruſca* pour juger du mérite de *la
Jéruſalem délivrée* ?

Si Boileau, le grand Boileau, eût ſenti
les beautés du *Taſſe* dans ſa langue naturelle, qu'il maîtriſoit avec tant d'intelligence, ou s'il eût pu autant approfondir
la langue Italienne que la Françoiſe ; s'il
ſe fût douté de la richeſſe, de la magnificence, de toute la force de l'éloquence
déployée par ce Poëte dans les harangues,
dans les prières publiques, dans les deſ-
criptions de combats, dans les revues des
armées, dans la noble fierté de Renaud,
exprimée avec les tons les plus énergiques,
dans la grandeur d'ame de Bouillon, tracée

avec les images les plus nobles & les plus imposantes, croiroit-on que Boileau, ce Critique par excellence, se fût alors arrêté à chercher quelque cheville, quelque jeu de mots, quelque peu de clinquant, qui, dans l'abondance des idées, se font quelquefois glissés parmi les pensées les plus justes & les plus mesurées du *Tasse*, qu'il eût parlé de lui avec une dureté & une amertume que la seule jalousie inspire aux hommes même du plus grand mérite?

La marche de l'*Arioste* est différente de celle du *Tasse*. Négligent avec art, folâtre avec tous les agrémens d'une imagination la plus heureuse, moins régulier que le *Tasse*, mais plus riche dans ces traits hardis qui caractérisent le vrai Poëte, il franchissoit quelquefois les bornes du Poëme Épique, mais pour rentrer dans la carrière avec une souplesse prodigieuse, pour y répandre tous les charmes de la variété séduisante, pour y déployer toutes les richesses de son génie, toute la flexibilité de son style dans tous les genres, tous les mouvemens, tous les tons, en ayant tous les talens.

Ce chantre dè prodiges & d'enchanteurs, est lui-même le premier des enchanteurs par son art d'émouvoir les passions & d'égarer son Lecteur dans ses rêveries. Il l'entraîne malgré lui par des impressions toujours agréables, toujours délicates. La multiplicité des sujets qu'il traite & qui fatigueroit le Lecteur, présentée de toute autre manière, acquiert sous sa plume un tel degré d'intérêt, qu'il est impossible de lui fermer la voie du cœur, & de ne pas sentir tout ce qu'il veut faire éprouver.

Je ne dirai pas que Voltaire eut raison quand il appela l'*Arioste* le plus grand de tous les Poëtes, je dirai seulement que l'*Arioste* produit dans l'esprit de son Lecteur tous les effets qu'Homère & Virgile produisent, qu'il rassemble toutes les qualités poétiques du Poëte Grec & du Poëte Latin, & que l'Épopée n'a jamais été traitée par un génie plus grand chez aucune Nation.

Ces deux Épiques ont fait & feront toujours l'admiration de nos jeunes Poëtes. Quand ils veulent échauffer leurs idées dans le genre defcriptif, & former leur goût à l'éloquence & à la richeffe de l'expreffion, ils lifent le *Taffe*. Quand ils cherchent de la hardieffe, du contrafte dans le coloris, une *fauffeté adroite*, l'art de réalifer les fictions, d'intéreffer par des tableaux copiés d'après nature, l'heureux talent enfin qui

« Paffe du grave au doux, du plaifant au févère. »

alors ils lifent l'*Ariofte*.

La lecture de ces Poëtes n'a plus rien de dangereux. On connoît les écueils, on les évite, & on s'empreffe de faifir & d'imiter leurs beautés.

Il manque cependant à la gloire du *Taffe* & de l'*Ariofte*, le mérite d'avoir fervi de modèles pour d'autres Poëmes Épiques; les Poëmes Héroï-comiques dont l'Italie abonde plus que toute autre Nation, n'étant formés fur les modèles ni de l'*Ariofte*, ni du *Taffe*.

L'*Orlando innamorato* de *Boiardo*, l'*Amadigi* de *Bernarde Taffe*, il *Girone* d'*Alemanni*, il *Morgante* de *Pulci*, il *Malmantile* de *Lappi*, la *Secchia rapita* de *Taffoni*, il *Ricciardetto* de *Fortiguerra*, il *Cicerone* de *Pafferoni* & quelques autres, font des Poëmes auffi originaux que le Lutrin de Boileau, la Boucle de cheveux enlevée de Pope, le Vert-Vert de Greffet. Chacun de ces Auteurs a fon plan, fon ftyle, fa manière, qui lui eft propre, & dont il n'a point eu de modèle.

J'attache au mot modèle la même idée qu'au mot Latin *typus*. On peut dire qu'un Poëte a fervi de modèle à un autre, lorf-que celui-ci a travaillé fon Poëme fur un plan généralement conforme, & qu'il a employé les mêmes moyens dans l'exécu-tion. Un paffage, une defcription, un tableau imité en connoiffeur, c'eft-à-dire, en annonçant de la force dans l'idée, du goût dans les expreffions, & dans des détails qui approchent de l'Auteur imité, ne suffisent pas pour pouvoir dire que l'Auteur a servi de modèle. Dans ce sens, l'*Ariofte* & le *Taffe* ont été imités par les Poëtes de toutes les Nations, & n'ont point été des modèles pour les Poëtes Italiens.

M. S. a eu donc tort de dire que le *Dante*, le *Taffe*, l'*Ariofte*, font des modèles; il a eu tort d'avancer qu'ils font généralement des Poëtes dangereux à imiter; & le plus grand tort d'affirmer qu'ils font aveuglement adorés par la Nation.

C'eft *Pétrarque* que les Italiens ont pris pour modèle, qu'ils ont jadis adoré avec une vénération fuperftitieufe, & qu'ils adorent encore aujourd'hui, mais moins fervilement.

Ce premier Poëte lyrique de l'Italie, ce premier Poëte de l'Univers dans l'art de parler au cœur avec le langage de la nature fimple & naïve, de nourrir la plus grande des paffions, l'amour, avec une fécondité inépuifable d'images & de penfées, de faire fentir ce qu'il fent, adorer ce qu'il adore, chérir ses goûts & ses plaisirs : ce Poëte sublime, créateur, unique dans un genre qu'il a épuisé lui-même ; plus voluptueux & plus décent que Tibulle, plus noble & moins raisonneur que Properce ; ce Poëte qui a ravi son siècle, & qui est fait pour enchanter tant qu'il y aura des cœurs sensibles, ce Poëte, dis-je, a arboré un étendard, l'a marqué de son nom, & s'est mis à la tête d'une légion de Poëtes que nous appelons *Petrarchisti*, qui a dominé tyranniquement le XIIIe & le XVe siècle.

Nulle Nation n'a essuyé une révolution aussi extravagante dans sa Littérature, & il est aisé d'en indiquer la raison.

Pétrarque, aussi bien que le *Dante*, a le mérite d'avoir été le restaurateur de la langue & de la poésie Italienne. Ce grand homme, de qui un savant Auteur a dit, qu'il sembloit n'avoir choisi & arrangé ses mots que d'après le consentement universel de l'Italie, a formé un Ouvrage classique qu'on doit étudier. Son sujet est intéressant, ses moyens sublimes, ses détails ont tout ce que le Roman peut fournir de plus piquant pour entretenir l'illusion, & repaître l'imagination d'idées les plus touchantes. Les intrigues d'amour, ſes myſtères, ſes charmes, étoient les ſujets les plus dignes d'être chantés dans un temps où la Chevalerie étoit fort à la mode en Italie. C'étoit alors une néceſſité d'avoir une maîtreſſe, ou au moins de faire croire qu'on en avoit une. La métaphyſique de Platon étoit l'étude des petits maîtres. Ils aimoient à la romaneſque; ils quinteſſencioient le ſentiment. Un amour ſans myſtère eût déplu à la Dame & déshonoré l'amant. Le ſyſtême de Ninon auroit été brûlé, celui de Clariſſe adoré. Il falloit ſoupirer long-temps ſans eſpérer de récompenſe pour *due begl' occhj*, pour *un biondo crine*.

Pétrarque commence à chanter ſa Laure. Sa poéſie enchante, entraîne, ravit. On lit ce Poëte, on l'apprend par cœur. Il n'eſt point de femme qui ne ſe ſente embrâſer de ſes feux. L'incendie de l'amante paffe dans l'ame de l'amant qui voit fa maîtreffe ou croit du moins la voir avec les yeux de *Pétrarque*, & fe hâte de chanter fes plaifirs & fes peines à la *Petrarchefca*. Des imitateurs ferviles qui cherchoient le plus fouvent dans leurs ames une paffion qui n'exiftoit pas (6), pouvoient-ils ne pas grimacer d'après un modèle auffi vrai, auffi naturel que *Pétrarque?* Les defcriptions minutieufes d'un ruiffeau qui fembloit prononcer le nom de Laure, ou des cheveux flottans qui faifoient la guerre aux zéphirs, ces détails qui con-

---

(6) On feroit bien dupe de croire que les Cardinaux *Bembo, Sadoleto, Maidalchini*, les Prélats *Vida, Cafa, Guidiccioni*, & M. le Curé *Caro*, imitateurs du Chanoine *Pétrarque*, Poëtes d'ailleurs célèbres & grands chanteurs de maîtreffes, chantoient une paffion imaginaire. Plufieurs Abbés, entre-autres *Ficino*, ont fait publiquement des *Cours d'Amour*. Les femmes auffi ont chanté leurs amours à la *Petrarchefca*. *La Gambarra* & la *Colonna* ont été les plus célèbres. Cette dernière a été *la belle Laure* de plus de cent Poëtes.

tiennent tant de grâces naïves & légères dans ce Poëte, ne devoient que déplaire dans un Écrivain ou fade ou froidement langoureux.

Il faut avouer cependant que parmi les Imitateurs de *Pétrarque*, il en exiſte pluſieurs qui ont excellé dans des Ouvrages, où ils n'ont pas été dominés par la manie de marcher ſur les traces de ce grand maître, tels ſont par exemple *Baſſi*, *Bembo*, *Tebaldeo*, *Cappello*, *Veniero*, *Varchi*, *Caſa*, *Guidiccioni*, *Bentivoglio*, *Caro*, *Folengo*, *Franco*, *Domenichi*, *Grillo*, *Nauagero*, &c. Une grande pureté dans la langue, beaucoup de correction dans les tournures, de la facilité & de l'harmonie dans les vers, caractériſent ces Poëtes (7).

Ce n'eſt donc pas *Pétrarque* non plus qu'on doit regarder comme un modèle impar-

---

(7) *Baſſi*, dit le *Poliziano*, fut le Poëte le plus correct depuis Pétrarque juſqu'à Bembo ; il a été le Catulle de ſon ſiècle.

fait, & comme la source du mauvais goût en Italie. Les *Imitatores servum pecus* de ce Poëte ont plus nui à leur gloire particulière, qu'à la gloire des Lettres Italiennes en général. Pourvu qu'on se garde de les imiter dans les subtilités métaphysiques du sentiment qui éteignent & glacent la passion qu'elles voudroient approfondir, on peut & on doit les suivre dans l'élégance de la diction.

L'époque du mauvais goût dans la poésie Italienne, doit se rapporter à un temps & à des Poëtes que M. S. n'a pas indiqués, & qui ne sont ni *Pétrarque*, ni le *Dante*, ni l'*Ariofte*, ni le *Tasse*. Elle commença cependant du temps de ce dernier, mais ce n'est pas à sa *Jérusalem délivrée* qu'il faut s'en prendre.

Le *Tasse* qui débuta par son *Renaud*, qui s'annonça par d'autres poésies fugitives aussi négligées que celles de *Bernarde Tasse* son père, étoit connu de ses contemporains avant son Poëme Épique, qu'il conçut néanmoins à l'âge de vingt-deux ans,

& qu'il avoit achevé à trente. Le *Tasse* contribua à entraîner la jeunesse Italienne dans le goût des pointes, des *concetti*, du clinquant. Il trouva ses maîtres plus occupés de l'étude de la langue Latine que de l'Italienne, & leur goût plus décidé pour la déclamation de Juvénal, l'enflure de Lucain, les saillies de Martial, que pour le style correct & noble de Virgile & d'Horace.

De mauvais principes en vogue, & la naturelle timidité du *Tasse*, l'engagèrent à marcher dans une carrière où il se distingua bientôt. Sa réputation lui attira des imitateurs, son génie le rendit sévère contre lui-même. Il ordonna à *Manso*, son ami, de brûler toutes ses poésies fugitives, & il commença à travailler sa *Jérusalem délivrée*, en se formant, pour ainsi dire, sur de nouveaux principes, & en marchant toujours à côté de Virgile & d'Homère. Quelle trempe d'esprit ne faut-il pas pour heurter des préjugés reçus universellement!

Les Poëtes imitateurs des pièces fugitives

du

du *Taffe*, n'ont pas pu fe réfoudre à une pareille réforme. D'ailleurs, les ennemis que la *Jérufalem délivrée* attira à cet Écrivain, les avoient découragés.

Le Pindare Italien *Chiabrera*, parut alors. Il ofa le premier enrichir l'Italie des beautés & des richeffes lyriques de l'*Ode des Grecs*.

Ses Écrits pleins de feu, par-tout brillent aux yeux.

Perfonne n'a jamais déployé plus de magnificence dans l'expreffion, plus de majefté dans les vers. Son enthoufiafme fut extraordinaire, fon audace heureufe ; il fe livra fans réferve aux tranfports de fon imagination ; il embraffa tous les objets, il parcourut tous les efpaces, fans que fes élans, fes écarts, préfentent jamais, dit Muratori, l'idée de l'Auteur qui cherche & qui réfléchit.

Cet aigle à peine prit fon vol, que chaque Poëte crut l'atteindre. Tout Auteur, fans examiner fes forces, s'imagina être *natus félicibus aufis*, & tenta de monter fa

lyre au ton de celle de *Chiabrera*. L'Italie
vit quantité d'Écrivains faire la malheu-
reuse fin d'Icare. Les exemples ne détrom-
pèrent pas. On s'entêta à suivre *Chiabrera*,
& on substitua de grands mots à des idées,
du clinquant au coloris, des pointes, des
concetti, du phébus, un style guindé, aux
pensées nobles & aux élans heureux de
l'imagination.

Marini se montra malheureusement
dans ce temps avec tous les talens du
Poëte. Les éloges avec lesquels furent
reçus ses premiers essais qui portoient l'empreinte du goût dominant, décidèrent son
goût particulier. L'Italie le reconnoît pour
le Patriarche du mauvais goût. Plus em-
pressé de plaire que de bien composer, il
fit quantité d'Ouvrages où il sacrifia la
vérité à des tours ingénieux, mais faux,
& le bon sens à l'envie de briller & à l'art
de prêter de l'esprit & de charger d'ornemens des sujets qui en étoient les moins
susceptibles. Les jeux de mots & les quoli-
bets qui lui étoient familiers, & qui em-

belliſſoient ſes Ouvrages, étoient relevés avec ſcrupule, & imités avec ſoin.

Marini mérite, à bien des titres, d'être comparé à Voiture. Tous les deux ont introduit un ton qui ſembloit neuf & piquant. On fut frappé dans l'un & l'autre du mélange d'eſprit, d'imagination & de grâces, mais avec cette différence, qu'en faveur de la nouveauté on ne fit en France que paſſer à Voiture ſes pointes, tandis qu'on imita en Italie avec empreſſement les *concetti*, & les abſurdités de *Marini*. *Battiſta*, *Murtola*, *Teſti*, & *Achillini* ſi connu par ſon célèbre mauvais Sonnet fait à la louange de Louis XIV, (8)

Sudate o fochi a preparar metalli.

ſe ſont le plus diſtingués dans l'École *Marineſca*.

---

(8) Je ne ſais par quelle fatalité les mauvais Écrivains Italiens ont eu toujours du bonheur en France, tandis que les Auteurs célèbres y ont été malheureux. *Marini* fut fêté, comblé d'honneurs, & gagna beaucoup d'argent avec ſes *Epitalami di*

·Voilà le champ fertile où tous les Critiques de la poéfie Italienne ont moiffonné
pour accabler de reproches la Littérature
de ma Nation.

C'eft un champ qu'on ne peut tellement moiffonner,
Que les derniers venus n'y trouvent à glaner.

Tous les Ouvrages des Écrivains que
nous appelons *Seicentifti*, font en général
remplis *d'éclatantes folies*, *d'abondance
ftérile*; & le fiècle qui a produit dans l'Italie peut-être le plus d'Hommes-de-Lettres

---

Francia. *Achillini* fut généreufement récompenfé
de fon Sonnet, que l'on trouva divin. *Corbinelli*
fe fit de la réputation, & fut honoré de l'amitié
des premiers Seigneurs du Royaume par fes
Ouvrages. Mais dans des temps plus reculés, le
Dante vivoit à Paris comme un malheureux exilé,
jouet de fa mauvaife fortune. *Boccace* y gagnoit
fa vie en qualité de garçon de boutique chez un
Marchand Drapier, & le *Taffe* faifoit fes obfervations philofophiques fur le Gouvernement de
France, dans un galetas du quartier Latin, à peu-près
auffi commode que celui que Greffet décrit dans fa
Chartreufe.

en tout genre, a été malheureufement celui où le mauvais goût dans la manière
d'écrire a le plus dominé.

Voilà l'École où encore de nos jours
vont puifer les fadeurs, & les platitudes
dont ils nous inondent, les faifeurs de Sonnets, pour une fête de Paroiffe, pour un
Marguillier nouveau, pour les vêtures ou les
proffffions des Religieufes, folemnités dans
lefquelles les mauvais vers foifonent par
milliers. (9)

Que de Littérateurs, *peuple*, qui font
métier d'intenter des accufations contre
toute production qui n'eft pas de leur pays,
fe fervent des paffages de ces Auteurs dé-
criés & que nous fommes les premiers à
méprifer, pour en tirer de fauffes confé-
quences fur le goût des Italiens, j'y confens : je confens auffi que M. S. qui s'eft
propofé de faire rire fon Lecteur en flat-

---

(9) M. l'Abbé Bettinelli, dans un Poëme très-
ingénieux, a tourné en dérifion ces recueils de Sonnets que la moindre circonftance fait éclore.

tant adroitement des préjugés reçus, dife qu'il n'y a prefque pas de fens commun dans les Poëtes modernes Italiens, parce qu'il a lu quelque mauvais Sonnet de nos *Improvvifatori* ambulans, ou quelque mauvais Opéra bouffon ; mais que Boileau fe permette d'écrire,

—————————————— Laiffons à l'Italie
De tous fes faux brillans l'éclatante folie.

que Fontenelle dife : « Les Italiens font » toujours fi remplis de pointes, de fauffes » penfées, qu'il femble qu'on leur doive » paffer ce ftyle comme leur langue natu- » relle : » que Rapin, du Bos, & Bouhours répètent les mêmes propos, cela me fait perdre patience, parce que je n'y vois ni critique, ni bon fens, ni juftice. Eft-ce à la France, eft-ce à Paris, l'Athènes du fiècle, de facrifier la vérité à un fentiment qu'on pourroit foupçonner d'égoïfme ou de jaloufie ?

Quittons maintenant ce fiècle & ces Auteurs, & tâchons de reprendre la chaîne des bons Poëtes.

Oui , *Pétrarque* qui a été le premier Lyrique Italien , *Pétrarque* a épuifé le genre dont il fut l'inventeur. Ce n'eft pas parce qu'il a eu beaucoup de talent qu'il a épuifé fon genre , ainfi que le prétend M. S. , ce n'eft pas non plus parce qu'il l'a porté à fa plus grande perfection , qu'il n'eut pas pu fervir de modèle. Il refte de la gloire à obtenir en égalant les grands hommes, mais on ne peut pas les égaler, & on ne peut même en approcher que de bien loin dans des genres qui tiennent à leur ame, à leur caractère. Dans ce fens, le genre de *Pétrarque* eft épuifé par *Pétrarque ,* comme le genre de Young l'eft par Young. Les *Petrarchifti* non-feulement n'ont jamais pu toucher le cœur par des jouiffances plus vraies & plus vives que celles de *Pétrarque ,* mais même par des jouiffances nouvelles. Tout ce qui porte l'empreinte d'originalité eft fait pour féduire : tout ce qui eft imitation , nous infpire un fentiment que je ne pourrois pas définir , mais qui nous difpofe à nous.

C iv

laſſer d'admirer ce qu'un talent ſubalterne
produit.

Les Lyriques les plus célèbres de l'Italie,
ne doivent leur gloire qu'à eux-mêmes, &
chaque Poëte a été original.

Nous avons des Sonnets que j'appelle
d'*architecture*. *Coſtanzo* en eſt l'inventeur.
Cette compoſition, très-difficile dans la
langue Italienne, a été aſſujétie par ce
Poëte à des règles encore plus ſévères.
Tout y eſt meſuré. Chaque quatrain doit
préſenter la ſentence finie. Le quatrain ſuivant doit renforcer l'antécédent. Le premier tercet doit être un élan qui fait un
peu ſortir du ſujet, mais pour y rentrer
avec adreſſe, & pour l'orner de quelque
image vive & frappante. Le dernier tercet
eſt une concluſion naturelle, mais forte,
noble, ſoutenue & ingénieuſe, telle enfin
que non-ſeulement elle ne ſoit pas indigne
du *tout*, mais qu'elle puiſſe ajouter de
l'énergie & de la clarté. Les matières mé-
taphyſiques, les philoſophiques, ou du
grand genre, en ont été toujours les ſujets.

Maranta, *Capeci*, *Pegolotti*, *Stampiglia*, *Magolotti*, *Redi*, *Golt*, *Nardechia*, *Vicini*, *Davanzati*, *Lazzarini*, *Bevilacqua*, *Stratico*, *Pagello*, ont écrit avec diftinction dans ce genre.

Si ces Poëtes euffent moins travaillé leurs plans, s'ils euffent fait paroître moins d'art dans la compofition, peut-être l'effet de ces Sonnets feroit-il plus frappant.

Nous en avons d'autres que j'appelle d'*artificieufe négligence*. La naïveté en fait le caractère principal. Le ftyle eft fimple, mais n'a rien de bas ni de trivial. Les mots font choifis, mais non pas recherchés. Les images font brillantes, mais vraies, & la vérité paroit élégante fans parure, & eft préfentée d'une manière à la rendre aimable. *Tanfillo*, *Molza*, *Cafa*, *Caro*, *Lemene*, *Baffi*, *Puricelli*, *Zappi*, *Manfredi*, *Grimani*, *Fabri*, *Zanotti*, *Baffani*, *Ambrogi*, *Cordara*, *Petrofellini*, *Pizzi*, *Amaducci*, *del Turco*, &c. font les Poëtes qui y ont excellé. C'eft l'atticifme lyrique Italien, c'eft la manière de Bernard, de Chaulieu, de Dorat, de Cowly. La Fontaine, Gay & Philips, y auroient peut-être ajouté des charmes inconnus. Ceux qui étudient la langue Italienne devroient commencer à lire la poéfie par un Recueil foigneufement fait de ces Sonnets (10).

Les *Canzoni* font aufli de deux genres. Celles qui répondent aux *Odes* des Grecs & des Latins, & les *Anacréontiche*. *Chiabrera* en a fait de très-belles dans l'un & dans l'autre genre. *Guidi* en a compofé d'un merveilleux à étonner par l'abondance des images, par le feu poétique de la diction. Mais *Leonio*, & plus encore *Filicaja*, fi connu par fes beaux Sonnets, ont donné à leurs *Canzoni* toute la force de l'*Ode* Grecque & toute la variété de la Latine. Qu'on life feulement celles qui ont

---

(10) C'eft par ces Sonnets que je commence à faire lire la poéfie Italienne à mes Élèves, dans les leçons que je leur donne, & j'en prépare un Recueil que je communiquerai avec plaifir aux perfonnes qui me feront l'honneur de me venir voir, à l'hôtel de Languedoc, rue de Grenelle S. Honoré.

été compofées à l'occafion du fiége & de la libération de Vienne, & on verra, fi en avançant que J. B. Rouffeau n'eft plus divin, à côté de *Filicaja*, je parle en enthoufiafte. *Rolli, Menzini, Magalotti, Zanotti, Zampieri, Bertola, Mattei, Bottoni, Cefarotti, Crudeli, Bernieri, Savioli, Landini, Frugoni, Metaftafe*, ont fait des *Anacréontiche* d'un ftyle fi tendre, fi naïf, fi délicat, qu'on croit entendre parler les Graces.

Les Italiens qui ont excellé dans la poéfie lyrique, font reftés en arrière dans la poéfie dramatique.

Nous manquons en général de bonnes Comédies & de Tragédies. Le Théâtre *Fiorentino* eft un Reeueil qui préfente une vingtaine de Comédies, mais ces Comédies, fi on excepte la *Mandragora* de *Machiavello*, qu'*Algarotti* préféroit aux meilleures Comédies de Molière, ne font pas faites pour donner une idée avantageufe du Théâtre comique Italien. *Ariofte* n'eft pas reconnoiffable dans fes Comédies. Les intrigues font généralement mal menagées, le dialogue y eft froid ou monotone, le dénouement languiffant ou forcé.

Goldoni a tâché le premier de donner à la Comédie Italienne une forme dont on la croyoit peu fufceptible. Il a ramené l'ordre & la décence fur le Théâtre, & en a banni la bouffonerie & les trivialités. Ce Poëte, dans lequel on trouve tout le comique de Plaute, ne s'eft attaché qu'à l'étude de la nature, & a fu la peindre avec autant d'intelligence que Molière. Il n'a pas toujours la délicateffe d'Ariftophane, & l'élégance de Térence, mais il faut obferver qu'il écrivoit pour tirer la Comédie Italienne de la barbarie, qu'il étoit affervi à des préjugés nationaux qu'il ne pouvoit combattre qu'en flattant avec art le goût du peuple. Il étoit obligé de compofer à la hâte, fans avoir quelquefois le temps non-feulement de réfléchir mûrement, mais même de repaffer fes premières efquiffes. Voltaire qui le fit connoître en France, l'appeloit le peintre de la nature.

(45)

Son *Bourru Bienfaifant*, Pièce compofée
à Paris, & qu'on joue toujours avec fuccès,
ne nous permet point de douter de fes talens
pour la bonne Comédie. *Chiari* & *Gozzi*
ont fuivi l'exemple de *Goldoni*. Le premier
a beaucoup de facilité dans la verfification,
le fecond beaucoup d'intelligence, mais ils
n'approchent ni l'un ni l'autre de *Goldoni*.

Depuis la *Sofonisba* de *Triffino* jufqu'à
la *Mérope* de *Maffei*, on ne peut citer que
la *Rofmunde* de *Rucellai* pour Tragédie.

On a toujours demandé aux Italiens pourquoi avec des Critiques excellens, tels que
Maffei, & *Gravina* qui a donné des règles
très-judicieufes fur la Tragédie, ils n'ont pu
avoir des Poëtes tragiques à comparer à
ceux des autres Nations. Les Italiens, fans
donner aucune réponfe à pareille queftion,
fe font toujours contentés de dire qu'ils
reffemblent en ce point aux Latins (11).

Conti, *Varrano*, *Granelli*, ont compofé

---

(11) Voyez le favant Ouvrage de Maffei fur les
Théâtres anciens & modernes.

de nos jours des Tragédies eftimées ;
Ringhieri en a fait de paffables, mais jamais
la penfée d'Horace n'a été auffi vraie qu'à
propos des Poëtes tragiques.

——————————————— *Mediocribus effe Poetis*
Non homines, non Dí, non conceffere columnæ. (12)

. *Capece*, Auteur de *Ptolomée*, d'*Achille*,
des deux *Iphigénies*, *Manfredi*, Auteur de
Daphnis, *Stampiglia*, de la *Chûte* des
Decemvirs, enfin *Moniglia*, *Lemene* &
Zeno, ont été les Poëtes dramatiques qui
ont précédé *Métaftafe* dans les Opéras.
On doit cependant regarder *Zeno* comme
le plus régulier. Il eft fort, tragique,
créateur.

———————————————————————————

(12) Le Duc de Parme a propofé un Prix, pour
encourager nos Poëtes à compofer des Tragédies
d'après les principes adoptés par les François. Le
mauvais fuccès de la Tragédie de *Lazzarini* les
avoit dégoûtés de marcher fur les traces des Grecs ;
cet Auteur les ayant imité plus dans la prolixité des
lieux communs & dans le vuide d'action & d'intri-
gue, que dans la beauté de l'élocution.

Connoiffant le mérite de *Métaftafe*, il fongea à fe donner un fucceffeur qui pût ajouter à la gloire de nos Lettres un nouvel éclat dans cette branche de la poéfie Italienne. Perfonne n'ignore les talens de cet Auteur, perfonne ne lui refufe le premier rang parmi les Poëtes vivans de toutes les Nations. On parle toujours du naturel & de la fraîcheur de fes coloris, de la fimplicité & de la délicateffe de fes penfées & de fes fentimens, de la facilité & de l'harmonie de fes vers, mais on ne s'arrête jamais à examiner les obftacles particuliers à fon genre, qu'il a été obligé de furmonter.

.On devoit compofer de la mufique fur fes vers. A combien de règles fa poéfie ne dût-elle pas être affujétie ?

La langue Italienne eft fans doute la plus flexible, la plus énergique, la plus fonore de toutes les langues vivantes. Le mélange heureux de voyelles & de confonnes qui entre dans la compofition de fes mots, introduit l'ordre mufical, & fait entrer dans cette langue ces mouvemens variés, foutenus, cadencés, qui l'adaptent, pour ainſi dire, ſans violence & ſans contrainte, à toutes les formes & à toutes les couleurs. Ajoutez à cela, que ſes élémens ſont tous prononcés, ſes mots tous compoſés de longues & de brèves, ſes accens tous naturels & réels, qui ne dépendent aucunement d'une déclamation forcée & trompeuſe, & qu'elle ne ſe refuſe pas à l'enjambement des vers & aux inverſions. La langue Italienne, cependant, riche d'enviṛon quarante-quatre mille mots radicaux, ſuivant l'énuméra-tion de *Salvini* & de quelques autres Lexi-çographes, n'en a que cinq ou ſix mille dont on puiſſe ſe ſervir pour la verſifi-cation chantante. Il faut obſerver auſſi qu'elle abonde en pendiſyllabes, exiſyllabes, & même ettaſyllabes, *quantité* très-utile à la marche *nombreuſe* des chants ſpondaïques, mais qui ſert rarement à tout autre chant, & qui ſe refuſe aux *Ariette* qui ne peuvent admettre que l'uſage des monoſyllabes, diſyllabes & tri-ſyllabes.

fyllabes. Il faut enfin obferver que tous fes mots étant terminés par une voyelle, rendent les fons uniformes.

Métaftafe donc a été obligé de donner au choix des mots une grande partie de l'attention qu'il devoit à fon fujet & à fes idées.

Il a été obligé auffi à affujétir fes plans à des règles qu'on ne trouve ni dans Ariftote ni dans aucun autre Critique, mais qui doivent être fcrupuleufement obfervées dans les Opéras Italiens.

Le plan doit être, fans exception, divifé en trois actes, les vers limités à un certain nombre, les *Ariette* diftribuées avec un ordre précis. Des *Ariette* d'un même caractère ne doivent pas fe fuccéder, mais il faut ménager une certaine diftance entre une *Arietta cantabile* & une *Arietta acuta,* entre une *amorofa* & *patetica,* & une *furiofa.* Il faut choifir pour les *Ariette* les fituations les plus frappantes, les plus paffionnées, les plus fenties, & les modifier avec beaucoup d'intelligence, pour ne pas

D

choquer l'illufion. Enfin l'imagination du Poëte d'Opéras doit être la fource où vont puifer leurs idées le Maître de Mufique, le Peintre, le Machinifte. Pour exécuter tout ceci, quelle connoiffance ne faut-il pas de la langue! quelles obfervations fur les effets des différens fpectacles! quelle étude en général fur l'homme!

Métaftafe a réuffi en tout. Son ftyle eft paffionné, harmonieux, précis; fon imagination eft heureufe, vive, fublime; elle échauffe, anime, enflamme l'imagination de ceux qui doivent fuivre fes idées. Le Poëte écrit, le Peintre trace, le Muficien émeut.

Métaftafe a furpaffé tous les Poëtes, même Horace, dans la facilité de trouver des images majeftueufes & nouvelles pour chanter des fujets communs & ftériles. Ses *Cantate* pour célébrer une naiffance, un mariage, ou quelqu'autre événement ordinaire, en font foi. Il eft le même dans la *Garra degli Dei*, dans les *Voti publici*, que dans *Regolo* & dans *Demoofonte*. Il tranfporte toujours l'ame, il l'agite, il étale toujours la grande poésie. Les mœurs, la religion, la morale, font, pour ainsi dire, décorées de tout le sublime qu'un enthousiasme divin peut inspirer.

Mais l'art de *multa dicere in paucis*, recommandé par Paterculus, la netteté & la clarté dans les idées, *prima orationis virtus, perspicuitas*, ordonnée par Quintilien, la force de raisonner au cœur, de lui parler le langage *solemnel* de la vertu, langage qui console l'homme d'honneur, qui épouvante le scélérat, & qui est compris à-la-fois & par le philosophe & par les femmes, font les qualités qui caractérisent le génie & l'esprit de *Métastase*.

Les défauts qu'on reproche à ce Poëte, font, de n'être pas créateur, d'être monotone dans les caractères que quelquefois il amène par force, de se servir toujours de l'amour pour principal mobile des intrigues de tous ses Opéras, & d'avoir négligé la grammaire de sa langue.

Dans les scènes monologues, dit un savant Anglois, Métastase surpasse Corneille,

(52)

Racine, Voltaire; mais ni Métaſtaſe ni les
plus célèbres Poëtes tragiques François,
n'ont porté le dialogue au point de per-
feſtion qu'on pourroit le porter. C'eſt dans
la ſcène de ſpectacle que les François ſe ſont
ſignalés plus que les autres.

Coltellini, *Migliavacca*, *Parabó* &
quelques autres, ont ſuivi les traces de
Métaſtaſe, mais il ſemble qu'ils ne ſe
ſoient propoſé de briller que par la réfrac-
tion des rayons de ce Poëte.

Je crois rendre ſervice aux faiſeurs
d'Opéras bouffons en n'en parlant pas. Ils
ſont en général déteſtables, & faits pour
donner la plus mauvaiſe idée du goût des
Poëtes Italiens à tous les partiſans des
principes de M. S.

La Poéſie Paſtorale, qui depuis les Grecs
& les Latins a commencé à ſe faire connoître de nos jours dans les Idylles de
Geſner, n'a pas eu chez les Italiens des
cultivateurs heureux dans les *Églogues*.

Rota & *Sannazaro* ſont nos Poëtes
Bucoliques les plus eſtimés. *Sannazaro* au-

roit pû devenir auffi célèbre par fon *Arca-dia*, qu'il l'eft par fes vers Latins, fi fon entêtement de vouloir compofer en vers *fdruccioli* (coulans) n'avoit pas captivé fon imagination, & rendu fon ftyle obfcur en l'affujétiffant à des rimes extravagantes. *Crefcimbini*, *Paolucci*, *Ottoboni*, ont fait de nos jours des *Églogues* plus correctes & plus dignes d'être comparées à celles de Virgile.

Il faut avouer que l'*Églogue* eft un genre de poéfie plus difficile qu'on ne penfe. M. Fontenelle, qui a donné de bonnes differtations fur l'*Églogue*, en a compofé qu'on ne lit prefque jamais. Le même malheur eft arrivé aux *Églogues* de Segrais, & celles de Pope n'annoncent par aucun trait ni le Poëte philofophe de l'Effai fur l'Homme, ni le charmant Auteur de la Boucle de cheveux enlevée, ni le Chantre tendre & paffionné des malheurs d'Héloïfe.

Pour les *Géorgiques*, nous avons *Ale-manni* & *Rucellai*, qui font très-élégans.

On pourroit auffi mettre dans cette claffe un Poëme de *Spolverini*, fur la cultivation du riz, très-bien écrit & fort intéreffant ; il ne faut pas non plus paffer fous filence le *Dithyrambe* de *Redi* fur les vins de Tof-cane, unique dans fon genre, qui déploie à-la-fois & la richeffe de la langue, & l'ima-gination féconde du Poëte.

C'eft dans le *Drame Paftoral* que les Italiens ont acquis de la gloire.

L'*Aminte* du *Taffe*, qui refpire cette antique fimplicité que la Grèce nous a montrée, mais que ni Efchylle ni Théocrite n'ont jamais pu peindre auffi bien, eft un chef-d'œuvre qui feul auroit immortalifé fon Auteur. Le *Paftor Fido* de *Guarrini*, autre *Drame Paftoral*, fans l'*Aminte* du *Taffe* feroit digne des premiers honneurs du Parnaffe Italien. La *Filli di Sciro* de *Bonarelli*, l'*Alceo dell' Ongaro*, font auffi recommandables par leur élégance & par les graces champêtres répandues avec choix & avec goût.

Le *Burlefque* qui n'étoit connu, fuivant Vavasseur, ni par les Grecs ni par les Latins, a fourni de très-bons Poëtes à l'Italie. *Berni*, qui a excellé le plus, a donné son nom à ce genre appelé *Bernesco*. *Burchiello*, *Lasca*, *Molza*, *Firenzuola*, &c. ont fait des Ouvrages agréables, remplis d'excellentes Épigrammes & de bonne plaisanterie. Voltaire lisoit avec plaisir ces Poëtes ; il a quelquefois adopté leurs manières, & s'indignoit qu'on osât comparer *Berni* à Scaron. Bouhours prenant à contre-sens un passage de *Berni* qu'il cite & qu'il attribue à l'*Arioste*, a fait la plus grande sensation sur des Lecteurs peu intelligens. Telle pensée qui seroit tout ce qu'on peut dire de mieux dans le sens burlesque, n'est qu'une folie extravagante dans le style héroïque.

Les Italiens ont enfin écrit dans un autre genre de poésie. Ce sont les *Versi Sciolti*, (vers libres) manière de composer la plus noble, & la plus digne de servir de modèle pour former le goût de la jeunesse dans une langue qui a toutes les ressources en elle-même, & qui n'a pas besoin que la rime lui prête de l'harmonie.

· Quand je parle de vers libres, je n'entends pas citer ces vers d'un style lâche & prosaïque, qui font paroître plutôt la patience que le génie de l'Auteur, tels que ceux de *Triſſino*, auquel on doit cependant le mérite d'avoir le premier imaginé ce genre, mais je parle de ces vers nerveux qui conſervent tous les agrémens de l'harmonie ſans le ſecours de la rime, qui exigent du Poëte un choix ſcrupuleux de termes nobles, qui ne lui laiſſent adopter que de grandes idées, & qui permettent à ſon imagination de ſe livrer à un vol ſublime pour y déployer les richeſſes du génie & de la langue (13). *Chiabrera* a écrit dans ce genre avec toute la nobleſſe digne de ſon goût, mais c'eſt de nos jours

─────────────────────

(13) Addiſſon dit de ces vers : *The Blank Italian verſes where there is no rhyme to ſupport expreſſion are extremely difficult to ſuch as are not maſters in the tongue.*

qu'on a porté les vers libres au plus haut degré de perfection.

Frugoni, Algarotti, Bettinelli, ont formé une eſpèce de triumvirat, comme le diſoit Madame du Bocage. Chacun a un ſtyle qui lui eſt propre, mais il faut que le jeune Poëte les étudie tous trois. *Parini,* connu par ſon Poëme du *Mattino,* &c. *Roberti,* par ceux ſur les *Frages* & ſur les *Perles ; Colpani, Mazza, Pezzana, Paradiſi, Corteſi,* ont fait d'excellens *Poemetti* en vers libres (14).

Je n'ai fait que parcourir l'hiſtoire de la poéſie Italienne, qu'indiquer les Poëtes les plus célèbres qui font époque dans notre Littérature, & ceux parmi les vivans qui ſe diſtinguent le plus par leur goût & par leurs talens poétiques, en marquant les

---

(14) *Si parva licet componere magnis ,* je puis dire avoir auſſi compoſé avec quelque ſuccès dans ce genre. Pluſieurs de mes *Poemetti* ont été imprimés à Rome & à Naples, & on en a fait un Recueil à Florence.

nuances différentes qui les caractérisent.

L'attaque a été générale, la défense le devoit être aussi. Sans analyser aucun Ouvrage, j'ai parlé de presque tous les Auteurs ; & sans approfondir mon sujet, j'ai présenté des observations que je crois utiles.

Il me semble que pour être autorisé à porter un jugement sur la Littérature d'une Nation, il est nécessaire de la bien connoître ; que pour apprécier les beautés des Poëtes, il est nécessaire de les sentir, & qu'on ne peut pas les sentir sans avoir approfondi leur langue.

Les plus grands Critiques, ceux même qui ont donné sur le goût des règles les plus sûres, ont quelquefois montré peu de goût dans leurs remarques, parce qu'ils ont jugé d'après des connoissances superficielles.

Pourquoi, dit Voltaire, Boileau n'a-t-il pas estimé les Poëtes Italiens ? C'est à cause que Despréaux ne savoit presque pas l'Italien. Il étoit accoutumé à un idiome timide, ſec, monotone, qui rejette les métaphores & les figures de l'imagination, qui n'admet point des expreſſions pittoreſques & ſonores, & qui n'emploie que des termes abſtraits, arides, muets. Le goût donc de ce Critique étoit choqué par les manières figurées & hardies des Poëtes Italiens, & le génie de leur langage poétique paroiſſoit à ſes yeux contraire à la vérité, à cauſe que la vérité, pour ſe rendre plus agréable, n'oſe ſe parer chez les François des ornemens de l'art, qu'une langue ſtérile ne peut pas lui fournir.

Je n'écouterai jamais un Critique, quelque connoiſſance qu'on lui ſuppoſe, qui ne ſauroit analyſer le ſujet dont il parle, & qui dit beaucoup ſans rien dire. C'eſt l'avis de Swift. *There is nothing which more shows the want of taſt, and diſcernement in a writer than the decrying of any authors in groſſ.*

N'allez pas me dire, Horace, Longin, Boileau, diſent ceci; je ſais ce qu'ils diſent, c'eſt à vous de prouver avec autant de goût & de jugement qu'Horace, Longin, Boileau, en avoient, en quoi le Poëte dont vous parlez a manqué aux règles de ces Critiques. Tant que vous ne ferez que m'étaler de grands préceptes accompagnés de grands mots, *aut dormitabo, aut ridebo*, mais quand vous commencerez à disséquer, pour ainsi dire, l'Auteur que vous examinez ; quand vous ferez l'application des préceptes de l'art aux passages du Poëte, & qu'en Critique habile vous en tirerez des conséquences judicieuses, c'est alors que je vous lirai.

Je crois avoir marqué tout le respect que je dois à mon Lecteur, en lui indiquant seulement mes Poëtes, & je suis sûr qu'il ne les jugera que lorsqu'il aura fait une étude particulière du langage poétique Italien. Il connoîtra alors lui-même tout le tort que M. S. a eu en se permettant d'avancer « que la Littérature Italienne manque en » général de bons Poëtes, que les modèles » sur lesquels se forment les jeunes Poëtes » Italiens sont dangereux, que dans l'Italie

(61)

>> il n'y a point de goût, qu'on n'y entend
>> pas le langage de la vérité & de la rai-
>> fon, & que les Italiens ne connoiſſent
>> point les principes ſur le beau & ſur le
>> vrai, qui ſont adoptés par les Critiques
>> des autres Nations. >>

Si l'Italie ne manque pas de grands &
de bons Poëtes, elle ne manque pas non
plus de moyens pour en avoir toujours &
de bons & de grands.

L'étude des langues anciennes entre
dans le plan de l'éducation nationale ;
celle des langues vivantes les plus accré-
ditées, & en particulier de la langue Françoiſe, eſt commune aux gens même d'un
état ſubalterne.

Longin, Horace, Boileau, puiſque dans
les Ouvrages de M. S. il eſt toujours parlé
de ces trois Critiques, ſont expliqués dans
toutes les Écoles.

Le Traité du *Sublime* de Longin, traduit
par *Nicolini*, eſt le premier Livre élémen-
taire qu'on lit en Rhétorique. On apprend
enſuite Horace preſque par cœur, &

Boileau auſſi bien que Pope ſont toujours étudiés.

Ajoutez aux Critiques étrangers ces Critiques nationanx. *Triſſino*, *Muzio*, *Daniello*, *Minturno*, *Patrizi*, *Beccelli*, *Gravina*, *Muratori*, *Quadrio*, *Creſcimbeni* & *Vida*, qui ſeul ſuffiroit pour tous, & dont Pope, dans ſon Eſſai ſur la Critique, dit :

> *Immortal Vida ! on whoſe honour'd Brow*
> *The poet's Bays, and Critik's wy grow*
> *Cremona now shall ever boaſt thy name*
> *As next in place to Mantua, next in fame.*

Parmi les Critiques modernes, nous avons les Lettres aux Arcades de *Betti-nelli* (15). Les règles du goût dans la poéſie, tirées du Recüeil des Controverſes Litté-raires de ce ſiècle, les Principes du goût après le jugement porté par les anciens ſur le *Dante*, le *Taſſe*, &c. Les Obſervations de l'Abbé *Lami*, *Il Ragionamento ſulla*

------

(14) Il y a une Traduction Françoiſe de. ces Lettres, par M. Anglard.

Poesia Italiana, du Cardinal de Bernis, charmant & judicieux Écrivain, estimé en Italie autant qu'en France (16).

---

(16) Ou M. S., lorsqu'il publia son *Consiglio*, ignoroit tous ces Ouvrages élémentaires sur le goût & sur l'art poétique, ou il ne les ignoroit pas. S'il les ignoroit, il a eu tort de ne pas s'informer si une Nation qui a toujours eu une Littérature & des Poëtes, avoit ou non des Livres élémentaires en poëſie : s'il ne les ignoroit pas, il y a eu certes de la témérité dans ce *jeune Écrivain*, de se croire supérieur en lumières aux Auteurs les plus célèbres, & de vouloir supposer un peuple ignorant, pour se procurer une occasion de débuter dans la carrière des Lettres par un recueil qu'il conservoit dans son porte-feuille depuis sa Rhétorique. On a fait deux réponses en Italie au *Consiglio* de M. S., dont il ne dit pas un mot dans ses Lettres. Exceptez seize personnes qui crurent effectivement n'avoir ni goût, ni sens commun, ni connoissances dans la poésie, tous les autres Poëtes Italiens trouvèrent fort insolent que les — *Penitùs toto divisos ab orbe Britannos*, osassent les appeler ignorans, barbares. M. S. tâcha d'appaiser la juste colère des Poëtes ; il fit tous ses efforts pour faire la paix. Il disoit toujours de jolies choses sur la situation de

Si les connoiſſances des Critiques pou-
voient ſuffire pour donner des talens à ceux

---

l'Italie, ſur la langue & ſur la muſique Italienne,
& chez le Car.... de B.... qui *tient toujours table
ouverte*, & chez M. l'Amb.... qui a *un bon Cui-
ſinier*, & chez M. l'Auditeur.... qui *fait chère
Françoiſe*. Tout étoit inutile. *Le Romain une fois
ému, eſt violent à l'excès.* On lui répondoit toujours :

> Quittez l'art avec nous, quittez la flatterie.

Depuis Polybe juſqu'à Montagne, Addiſſon, Mon-
teſquieu & de la Lande, on a fait des tableaux plus
magnifiques que les vôtres ſur l'Italie; depuis Giotto &
Cimabue juſqu'à Vaſari & Ridolfi, & depuis Bembo
& Petrini juſqu'à Gigli, Martini, Voltaire &
Rouſſeau, on a parlé des arts, de la langue & de
la muſique Italienne, avec plus d'intelligence que
vous. Nos Bibliothèques ſont pleines de remarques
ſavantes ; & tout ce que vous dites de nous ne peut
être qu'ennuyeux. M. S. jurant contre le *Bolge* du
Dante, les palais enchantés de l'*Arioſte*, & contre
tous les Poëtes Italiens qui n'entendoient pas *le langage de la vérité & de la raiſon*, paſſa en France, &
fut le premier Auteur Anglois qui fit rire les François, en voulant donner un ridicule aux Italiens dans
un ſtyle de convention & à la mode.

qui

qui les lifent, aucune Nation ne pourroit
égaler l'Italienne en bons Poëtes.

Mais d'où vient, me dit le Lecteur, que
fi vous en exceptez *Métaſtaſe*, l'Italie n'a
aujourd'hui aucun Poëte d'un mérite auſſi
éminent, qui non - feulement foit connu
dans le beau pays,

 Ch' apenin parte, e il mar circonda, e l'alpe ;

mais qui en général foit goûté & fuivi paſ-
fionnément par tous ceux qui aiment ou
qui cultivent les Mufes ?

Adreſſez, Lecteur, la même demande
à toute l'Europe ; la réponfe de toutes les
Nations fera celle de l'Italie.

Dans tout pays, lorſque la nature produit un grand génie, elle fait un effort ; &
la nature, régulière dans fes démarches,
fait rarement des efforts.

De prétendus Philofophes qui raifon-
nent fur les viciſſitudes, fur les progrès ou
fur la décadence des Lettres d'un peuple (17),

---

(17) Je ne pourrois indiquer un Ouvrage plus
raifonné fur l'hiftoire de la Littérature Italienne,

E

fans connoître fon hiftoire littéraire, don-
neront peut-être plufieurs réponfes à votre
interrogation, mais ne vous attendez pas à
en avoir aucune de jufte.

N'écoutez pas non plus M. S. — Pauvreté. — Manque de Mécenes. — Forme
de gouvernement — font des raifons frivo-
les, je l'ai déjà dit (18).

---

que celui-ci : *Del riforgimento delle Lettere in
Italia*, &c. par l'Abbé Bettinelli.

(18) Je trouve juftes les raifons que M. Linguet
donne contre le principe général de Montefquieu
de l'influence du Gouvernement fur les Lettres.
Elles font appuyées par la philofophie & par l'ex-
périence. Il feroit très-utile d'indiquer les branches
particulières de la Littérature fur lefquelles le Gouvernement peut influer. La claffe des Belles-Lettres
de l'Académie Royale de Berlin, a propofé l'année
dernière pour Prix d'Éloquence la Queftion fui-
vante : « Quelle influence a le Gouvernement fur
» les Lettres, & quelle influence les Lettres ont fur
» le Gouvernement. » Après avoir vu la Tragédie de
Mahomet de Voltaire, dédiée à un Pape, & repré-
fentée dans un Séminaire ; la Henriade traduite par
un Cardinal, pourra-t-on encore fottement douter

Qu'un *mens divinior* vous anime, que la nature, en vous formant, se soit proposée de former un Poëte, vous le serez en tout lieu & en tout temps, en dépit du sort.

Si vous n'avez pas des événemens récens à célébrer, vous puiserez votre sujet dans l'antiquité la plus reculée, comme a fait la plus grande partie des Poëtes Épiques ; vous chanterez, & vous serez Poëte.

Si le héros vainqueur ne vient pas cueillir dans le sein de votre patrie le fruit de ses travaux ; si vos lauriers n'ont aucun front à couronner ; si dans l'heureux canton que vous habitez, vous ne voyez pas se renou-veler les scènes cruelles d'Atrée, d'Œdipe, de Mérope, de Phèdre, de Caton, de Brutus, vous chercherez ces horreurs chez les Grecs ou chez les Romains, comme ont fait Crébillon, Corneille, Maffei, Voltaire, Addisson ; on verra Melpomène vous sourire, & vous serez Poëte tragique.

---

si le Poëte est assez libre en Italie pour suivre son imagination.

Si , éloigné de la corruption de la Cour, vous n'avez pas dans votre obfcure province les idées dangereufes du fafte, de la magnificence, du luxe ; chanteur tendre & naïf de beautés champêtres, vous peindrez l'innocence avec les graces de Cramer & de Schimdt, ou vous copierez les tableaux plus vrais de la nature avec la délicateffe de Thompfon, de Haller, de Zaccherie ; vous chanterez, & vous ferez Poëte.

Enfin , fi la fimplicité de vos mœurs n'engage pas vos goûts à examiner des objets fublimes ; Poëte populaire comme Horace, vous embellirez par votre diction ce que penfent , ce que difent tous les hommes , & les affaires les plus communes de la vie humaine vous fourniront des obfervations que vous chanterez ; & vous ferez toujours Poëte.

Comment donc un favant Auteur peut-il avoir dit : « Sur quoi les Poëtes Italiens » peuvent-ils exercer leurs talens dans un » pays où l'art de la guerre, le commerce, » l'induftrie, l'émulation de la belle gloire,

» n'ont plus de grands objets ? Que leur
» revient-il de leurs Ouvrages ? »

Qu'en revient-il à la plus grande partie des Poëtes ? Le Poëte envifage-t-il la fortune lorfqu'il fe livre aux charmes de fon chant ? — Oui, la gloire, cet encens qui brûle fans échauffer tout le refte des Écrivains, mais qui échauffe toujours le Poëte ; la gloire, cette vaine fumée vers laquelle tous les Gens-de-Lettres font femblant de courir, mais que le feul Poëte a cru digne d'être achetée par des travaux longs & durables ; oui, dis-je, la gloire feule, le fuccès de fes Ouvrages, font l'unique récompenfe qu'il attend de fes veilles.

Dénué d'une fagacité laborieufe, le Poëte ne demande rien, n'obtient rien, & en général eft content d'une honnête médiocrité.

Perficos odi puer apparatus &c.

Beatus ille qui procul negotiis &c.

Il croit le *fumus patriæ igni alieno luculentior* ; il croit qu'un ami fidèle & fimple eft digne d'être préféré à un Mécène puiffant ; & fans braver ou fans craindre fort fort, en tous lieux & en tous temps il fe fuffit à foi-même, & il eft content.

Et à quel propos un Auteur téméraire, pour prouver la dégradation de l'efprit humain dans les talens poétiques, fous un ciel qui donna les Virgile, les Lucrèce, les Horace, s'eft-il permis d'infulter une Nation entière, en avançant : « Le defpo» tifme fous lequel le peuple Italien gémit, » forme des efclaves, & les efclaves n'ont » point de vertu. On trouve dans les vers » des plus célèbres Poëtes Italiens, l'em» preinte de leurs chaînes. »

Prétendra-t-on reprocher aux feuls Italiens les maux de toute inftitution civile, les injuftices de tous les hommes, les abus de tous les pays ?

Ofera-t-on prouver que dans la feule Italie l'infolence des parvenus, la groffièreté des gens à fortune, ne regardent l'Hommede-Lettres, & en particulier le Poëte, que comme un être ou dangereux, ou incommode, ou indigne d'attention ?

Voudra-t-on me faire croire que dans la seule Rome on voit le *petit Abbé* rempli d'esprit, qui,

——————————— Croté jusqu'à l'échine,
S'en va chercher son pain de cuisine en cuisine.

tandis que l'ignorant *Monsignor Crossé*, assis à une table bien servie, décide *savamment* sur le mérite de quelque nouvel *Apicius François ?*

Enfin, sera-t-il permis d'appeler les Gens-de-Lettres de l'Italie en général *bas & rampans*, à cause qu'une grande partie d'entre-eux est obligée de se mettre aux gages, & d'ajouter un éclat au faste de l'ignorance heureuse ou de l'hypocrisie triomphante (19)?

Lecteur philosophe, changez les noms des choses, vous verrez à Londres & à Paris ce que vous voyez à Rome.

———————————————————————

(19) J'ai toujours vu avec peine des êtres appelés *Gentiluomini*, qui dans Rome sont obligés de végéter dans les anti-chambres des Cardinaux. Parmi ces malheureux, il y a des jeunes gens rem-

Rien donc ne s'oppofe en Italie pour féconder, pour multiplier les talens dans la poéfie ; au contraire, la nature, la langue, les exemples, les préceptes, tout contribue à la perfection de cette branche de Littérature. Il eft en conféquence très-abfurde de dire que *les Italiens font en arrière des autres Nations dans les lumières poétiques.*

---

plis d'efprit. Ces *domeftiques nobles* de leurs Éminences peuvent bien dire au temps de leur mort avec Triftan :

Je fis le chien couchant auprès d'un grand Seigneur,
Je me vis toujours pauvre, & tâchai de paroître ;
Je vécus dans la peine, efpérant le bonheur,
Et mourus fur un coffre en attendant mon maître.

F I N.